기획의 말

그리운 마음일 때 'I Miss You'라고 하는 것은 '내게서 당신이 빠져 있기(miss) 때문에 나는 충분한 존재가 될 수 없다'는 뜻이라는 게 소설가 쓰시마 유코의 아름다운 해석이다. 현재의 세계에는 틀림없이 결여가 있어서 우리는 언제나 무언가를 그리워한다. 한때 우리를 벅차게 했으나 이제는 읽을 수 없게 된 옛날의 시집을 되살리는 작업 또한 그 그리움의 일이다. 어떤 시집이 빠져 있는 한, 우리의 시는 충분해질 수 없다.

더 나아가 옛 시집을 복간하는 일은 한국 시문학사의 역동성이 드러나는 장을 여는 일이 될 수도 있다. 하나의 새로운 예술작품이 창조될 때 일어나는 일은 과거에 있었던 모든 예술작품에도 동시에 일어난다는 것이 시인 엘리엇의 오래된 말이다. 과거가 이룩해놓은 질서는 현재의 성취에 영향받아 다시 배치된다는 것이다. 우리는 현재의 빛에 의지해 어떤 과거를 선택할 것인가. 그렇게 시사(詩史)는 되돌아보며 전진한다.

이 일들을 문학동네는 이미 한 적이 있다. 1996년 11월 황동규, 마종기, 강은교의 청년기 시집들을 복간하며 '포에지 2000' 시리즈가 시작됐다. "생이 덧없고 힘겨울 때 이따금 가슴으로 암송했던 시들, 이미 절판되어 오래된 명성으로만 만날 수 있었던 시들, 동시대를 대표하는 시인들의 젊은 날의 아름다운 연가(戀歌)가 여기 되살아납니다." 당시로서는 드물고 귀했던 그 일을 우리는 이제 다시 시작해보려 한다.

기획의 말

그리운 마음일 때 'I Miss You'라고 하는 것은 '내게서 당신이 빠져 있기(miss) 때문에 나는 충분한 존재가 될 수 없다'는 뜻이라는 게 소설가 쓰시마 유코의 아름다운 해석이다. 현재의 세계에는 틀림없이 결여가 있어서 우리는 언제나 무언가를 그리워한다. 한때 우리를 벅차게 했으나 이제는 읽을 수 없게 된 옛날의 시집을 되살리는 작업 또한 그 그리움의 일이다. 어떤 시집이 빠져 있는 한, 우리의 시는 충분해질 수 없다.

더 나아가 옛 시집을 복간하는 일은 한국 시문학사의 역동성이 드러나는 장을 여는 일이 될 수도 있다. 하나의 새로운 예술작품이 창조될 때 일어나는 일은 과거에 있었던 모든 예술작품에도 동시에 일어난다는 것이 시인 엘리엇의 오래된 말이다. 과거가 이룩해놓은 질서는 현재의 침입에 영향받아 다시 배치된다는 것이다. 우리는 현재의 빛에 의지해 어떤 과거를 선택할 것인가. 그렇게 시사(詩史)는 되돌아보며 전진한다.

이 일들을 문학동네는 이미 한 적이 있다. 1996년 11월 황동규, 마종기, 강은교의 첫 시집들을 복간하며 '포에지 2000' 시리즈가 시작됐다. "생이 덧없고 허기질 때 이따금 가슴으로 암송했던 시들, 이미 절판되어 오래된 명성으로만 만날 수 있었던 시들, 동시대를 대표하는 시인들의 젊은 날의 아름다운 연가(戀歌)가 여기 되살아납니다." 당시로서는 드물고 귀했던 그 일을 우리는 이제 다시 시작해보려 한다.

불란서 영화처럼

문학동네포에지 023

전연옥 시집

불란서
영화처럼

시인의 말

올겨울에는 코피 터지게 연애를 한번 해보고 싶다는 나의 소박한 희망을 듣고 직장 선배 한 분이 “그럼 권투 선수와 연애하면 되겠네” 하신다.

나는 가끔, 가장 쉽고 가장 단순한 방법들을 놓치고 사는 것 같아 공연히 서글퍼진다.

그래 올겨울은 권투 선수다.

1990년 2월

전연옥

개정판 시인의 말

똑같은 질문을 심심치 않게 받는다.
"시인이 시를 안 쓰고 어떻게 살아?"

그러게 말이다.
시도 안 쓰는데 나는 왜 무탈하게 사는 걸까?

아무래도 불치병이다.

2021년 6월
전연옥

차례

불란서 영화처럼

내가 알고 있는 사랑의 방법들은
어찌하여 이 모양 이 꼴로 매양 피곤한 것뿐일까
고통의 다리를 뻗고 누워 안식의 깊은 잠을 청할
미래의 내 묏자리가 사나워서 그런 것일까
주일날 늦은 아침
아득한 벌판에 홀로 서서 해바라기를 즐기고
그대로 어둑한 그림자가 되어 저물녘을 헤매일 때
내 사랑은 불란서 영화처럼 우아해질 수는 없는 것일까

때로,
유치했던 기억들은 몸살 나게 아름다워
접어두었던 미래와의 약속을 새롭게 하거나
부재중인 희망도 달무리로 돌아오게 한다
그래서 침묵은 이다지도 낯선 것인가
누구나 한 번쯤은 뒤틀린 손금을 보고 진저리를 치겠지만
그리하여 지극히 간단한 보폭으로
악몽의 길고 긴 회랑을 빠져나오겠지만

나는 그때 얼마나 가득해진 모습으로
병약한 내 일생의 녹슨 고리를 벗겨낼 수 있을까
잘 영근 생각으로 선택의 생각을 공손히 다듬고
나를 가두고 있는 불치의 소문들도 떨쳐버릴 수 있다면
그때 내 사랑의 방법들은 좀더 구라파식으로

좀더 삼류적으로 비감해질 수 있을까
사나운 잠자리를 탓하지 않고
원색의 현란한 꿈의 밧줄에
내 사랑의 방법론을 매달 수는 없을까

멸치

지난 일들은 모두 잊어버리라고
내 몸에 다디단 기름을 발라 구우며
그대는 뜨겁게 속삭이지만
노릇하게 내 살점을 태우려 하지만
까닭 없이 빈 갈비뼈가 안쓰러움은
결코,
이 빠진 접시 위에 오르고 싶지 않아서가 아님을
비틀거리며 쏟아지는
한 종지의 왜간장에 몸을 담그고
목마른 침묵 속에
고단한 내 영혼들이 청빈하게 익어갈 때면
그 어느 것도 가늠할 수 없는 두려움에
쓰라린 무릎을 끌어안고
여기는 에미 애비도 없는
서럽고 슬픈 저녁 나라이더냐
들풀 같은 내 새끼들
서툰 투망질에도 코를 꿰는 시간인데
독처럼 감미로운 양념 냄비 속에 앉아
나는 또 무엇을 잊어버려야 하며
얼마만큼의 진실을 태워야 하는지

굴비

지나 내나 달구어진 석쇠 위에 얌전히 올라앉긴 마찬가지지 그래도 나는 수심 깊은 동해 바다 속 가문 있는 자손이기에 꼬들꼬들하게 전신을 말리면서도 은빛 찬란한 갑옷으로 속살을 가릴 줄도 알고 수줍은 초승달처럼 과년한 아랫도리를 오그리고 있기도 하지만 어찌된 일인지 비안주적이라고 외면당해야 하는지 희고 맑은 뼈 사이에 고인 온 힘을 빼버려야 하는지

누구는 뭐 한 방에 정수리 얻어맞고 혼절하여 넝마 같은 고통 벗어버리고 싶지 않을거나 너와 내가 잘잘 끓는 숯불 위에 올라앉음은 그저 그렇고 그런 협상의 의미이거늘 나는 어찌하여 미끄러운 갑판 위에서 숨가쁘게 줄넘기를 하다가 기력 떨어져 흔들리는 뱃전에 이마를 기대고 잠시 숨 고를쯤 어느새 고통스러운 해바라기 해바라기 해 따라 진 빼기인지

그때 쥐뿔 같은 자존심 부둣가에나 부려놓고 미끈한 꼬랑지를 흔들며 곤돌라에 오르던 친구를 따라 베니스에나 갈 것을 그곳에 가 가슴 큰 양년과 배가 맞아 늘그막이 아들을 놓고 팔자에 없던 향수병에 발목을 잡히어 주색잡기에 눈멀고 귀먹다가 끝내 덜미를 붙잡혀 살과 뼈를 발린 채 싸늘한 깡통 속에 간혀 고향을 그리워했어도 괜찮았으련만

축복처럼 쏟아지는 왕소금에 개꿈마저 절여지고 달겨드는 해풍에 체온마저 식어버려 숯불이면 어떻고 십구공탄 불 위면 어떠랴 시린 옆구리 등 따사롭게 지져가며 황천길 갈 수 있다면 정신 혼미하여 이도 저도 매듭 못 짓고 구천 하늘을 떠돌다 문득 눈떠보니 어느 부잣집 찬방(饌房)에 홀로 매달려 있음의 서글픔이여 이 완벽한 자리 바꿈이여

내 나이 스물하고 아홉에 2

나는 스물하고 아홉 살
미친듯이 이곳까지 달려왔다네
아구탕에 쓴 소주깨나 빨며
주현미보다 한발 앞서
뽕짝 메들리에 일가견을 이루고
장학금 받아 은행에 맡겨두었다가
아버지가 이 저주받을 세상 버리셨을 때
저승길, 노잣돈에 보태 쓰시라고
큰맘 먹고 만 원 꺼내드렸다네

7남매 중 유일하게 시인이 되고
그 유명세를 개처럼 끌고 다니다가
KBS에서 헐값의 품삯을 받고 사는
여의도 레벤 호프집에서
전기고문당한 족발로
돼지 꼬리만한 자존심 짓밟히고 산다네
달라스로 가자는 2차의 감미로운 유혹에
귀밑까지 입을 째기도 한다네

귀갓길
수원행 전철 속에서 문득 서러워져
약속이 틀리지 않느냐고
내 잘못만은 아니지 않느냐고
두드리면 보조키마저 잠그는 하느님에게

홧김에 오장육부를 긁어보지만

나는 스물하고 아홉 살
졸지에 이곳까지 달려왔다가
나는 이미 돌아가는 길을 잃어버렸다네
머뭇머뭇 시들기 시작했다네

솔베이지 노래

내 죽음 뒤에
누가 거친 베옷을 차려입고
기념사진을 찍어두랴
병풍 뒤 비단 금침에 누운 나는
바리바리 담긴 이밥을 챙겨 먹으며
헐거워진 고막의 태엽을 감아두거나
내가 당도해야 할 땅
양지바른 마을에서의 평안을 꿈꿔본다

이제 가면 언제 다시 돌아올 수 있을까
길은 먼데 무섭고 아름다운 것들이
꽃뱀처럼 머리를 흔들며 따라올 것 같아
북망으로 가는 길이 괜시리 초조하지만
누가 나를 위해 슬픔의 꿰미라도 풀어준다면
오, 아름다워라 가난한 집의 저녁 식탁처럼
나의 죽음은 환희로 범람할 터이니

제비붓꽃

친구를 따라 강남에 가서 살거나
애인을 따라 섬에 가서 살거나
이대로 서로의 경계선이 되어
석삼년 애간장을 태워도 오지 않을
엽신을 기다리며 살아갈거나

기다림 하나만으로 일생의 안부를 묻고
내 것 아닌 소문의 얼레도 풀다가
맨발 아래 차가운 물소리와 함께
한평생 고질병에 이를 갈며 살아갈거나

아아 내일이 되어도 아지 못할
이 징그러운 소망의 잔뿌리들이여
이제 나는 홀로 자유로워야 하겠네

불효

과부가 된 어머니를 모시고
뷔페 식당이라는 곳엘 갔다
사회 물을 먹은 나는
이 식욕의 대열이
그저 환물의 가치일 뿐이지만
빈 그릇을 들고
내 식탐의 긴 그림자를 밟고 따라오는
과부 마나님의 표정은
어쩐지 배급을 받는 듯 황송한 모습
나는 그런 것이 싫고 부끄러웠지만
사전 설명에도 불구하고
잡풀들만 울창한 빈곤의 식단을 보니
과연 나도 사람의 자식이란 말인가
목젖에 매달린 고깃덩어리가
자꾸만 삿대질을 하며
비계 낀 내 목을 비트는 것 같다

로맨스 그레이

세상살이에 정보가 부족한 여자
사는 일이 시들해진 남자
하루에도 몇 번씩 사표를 쓰는 우리 애인
가만 보니 중년이시군요

민틋해진 몰골
끈 떨어진 청춘의 슬리퍼를 꿰고
촌닭처럼 저녁 산책을 즐기는 당신
오다가다 만났던 횡재가
횡액으로 바뀌어 시비를 걸어오고

외로울 때는
가까운 사람의 잔소리도 위로가 될 텐데
울면서 모든 것을 포기하고 싶은 당신
체념을 터득할 만큼 나이는 먹었지만
맛으로 먹기엔 너무 밍밍한 중년의 찌개백반

이제 정말 별수 없군요 당신
연애하셔야 되겠어요
생활이 심드렁한 중년의 여자
삶이 고달픈 중년의 남자
룸펜 부르주아가 부러운 우리 애인
어때요? 지금부터 연애나 좀……

양파

다 그만두고 용산이나 갈란다
저문 밤 홀로 갈 수밖에 없는 상경길이 유감이지만
막차 타고 흔들흔들 서울길 가다보면
천지간에 억장 무너지는 일이 뭐 그리도 많아
잠시 머무는 간이역에서도 깊은 사연 남기고 싶을까
마는

대처 바람 불어오기 전에 운명이나 엿보아둘 것을
희고 둥근 내 몸을 열며 점쟁이는 눈이 침침해오겠지
그래도 예언만은 나락처럼 잘도 맞아떨어져
폭설 뒤덮인 움집 속에서도 용산은 손에 잡힐 듯,
잡힌 듯
끝내 내가 잡히어 미래라고 확신하게 되겠지만

좀 더디게 찾아가 여기가 바로 용산이냐고 묻는다면
용산은
그저 종착역으로 내 몸을 부려놓지는 않겠지

그제야 나는 눈금 정확한 저울 위에 올라앉아
착하고 예쁜 소망들만을 염탐하겠지만
속담은 믿는 도끼보다도 정확하여 나를 겨누고
어쩔까 말까 망설이다가
여기가 정말 용산이냐고 나는 또 묻겠지
대답해주겠노라 뜨겁게 유혹하며

용산은 수청 들라 이르고 대낮에도 나를 울리겠지

영등포 여자

삼거리에서
길을 잃고 헤매는 저 여자

영등포 3가 동사무소 앞길
워키토키를 든 사복 차림의 전경에게
여기가 어디쯤이냐고 눈웃음을 치는
저 여자
저 여자를 과연 돌로 내리칠까
획일화된 의견들이 분분해지는 사이

여자는 어느새
불면으로 찌든 두 뺨을 짓뭉개고 앉아
천박한 입술로 목숨을 구걸하기 시작한다

그래, 그녀의 불행이 가엾기도 하다
선잠 깬 예수님이 잠시 헷갈리는 순간
납득되지 않는 이유가 시간을 멈추게 하고
양손에 돌을 든 사람들 모두가
심한 딜레마에 빠지기 시작한다

그러나, 그 언젠가는
자기 스스로를 용서하지 못해
깨진 보도블록으로 자신의 머리통을 내리칠
저 여자

헝클어진 머리카락 사이로
비틀비틀 흘러내릴 불륜의 블랙박스

곯은 수박처럼 버려져 있을 그녀의 주검 위로
워키토키를 든 전경들이 무심히 지나간다

유령

너는 나 때문에
나는 너 때문에
결국, 서로가 서로 때문에
우리는 행복하다
막무가내로
다짜고짜로 행복하다

집도 절도 없는 더러운 나날
이쯤에서 누구나 한 번쯤은 죽음을 생각하고
그 삶의 버거움으로 혀를 깨물 때
그저 아득한 욕망들이 이승을 떠나고

어찌보면 처음부터 우리는
서로가 서로를 알지 못해
연약한 심장을 갉아먹거나
허무의 이부자리를 깔고 누워
용서하듯,
색깔 없는 꿈을 즐겼을지도 모르는 일
나는 너의 신기한 과거 때문에
너는 나의 가엾은 추억 때문에
비로소 지긋지긋한 서로의 불행 때문에
어깨를 맞댄 우산 속에서도
우리는 서로가 서로를 찾지 못해 서성거렸다

콜걸

언제부터인가
내 목은 전화통 옆에서 늘어지기 시작했다
기우는 목요일 저녁과
가시처럼 살을 찌르는 금요일 오전
수화기는 잘 놓여져 있는가
내 손길은 불신으로 안절부절못하고
안부를 묻는 통화는
나를 가장 짐승스럽게 만드는 장본인

그들은 나를 전화로 부른다
이제는 안심이다
일주일 치의 생활비가 해결되는 박애의 순간
어느새
내 모가지는 생존의 종점을 서성이고

그 어느 한 번만이라도
현실이 나에게 만만한 적은 없었지만
그래도 이것은 너무하지 않은가
과연 이렇게 살아도 되는 것일까
콜걸처럼 전화통 옆에서 젊음을 보내다가
문득, 사는 일이 서글퍼져 눈시울을 붉힌다

첫사랑

정통 독일식 모듬 소시지
연애에 고수인 사람들이
모듬 정식으로 그 앞에 모여 앉았습니다

첫 여자,
첫 입맞춤,
첫 이별,
추억으로 질척이는 원탁 위로
그리움의 맥주잔이 쓰러지고

누구나의 사랑이 다 그러하듯이
기쁨보다는 슬픔이 많았던 사연으로
사람들은 너나없이
흘러간 기억들이 애절한 모양입니다

귀가 시간을 흘끔흘끔 넘기며
직장 후배들의 눈에 뜨이면
모두가 구설수에 오르는 궁상스러운 모습인데

시력이 젬병인 A선생은
아련한 첫사랑의 빈자리를 찾아 서성이고
어쩌다 노총각이 된 B씨는
첫 여인의 노을 물든 입술을 그리워하지만
눈에서 멀어지면

마음에서도 멀어지는 것이 사랑인 것입니다

쌈짓돈을 털어 빈 맥주잔을 세고
월부로 구입한 가전제품을 챙기면서
어쩔 수 없는 현실에 중년의 코를 꿸 때
첫사랑이 그리운 사람들은
오늘따라 삼류 스캔들이 부럽기만 합니다
흔적도 찾을 수 없는
첫사랑의 에로티시즘이 소중하기만 합니다

실업

기다리지 않아도 너는 온다
이제는 고물 값도 제대로 받을 수 없는
내 썩은 심장에 칼발을 꽂으며
휴일도 없고 국경일도 무시한 채
내친김에 외상 장부도 챙겨온다

어떤 일이든 몸에 익숙해지면
느낌이 무뎌지기 마련인 것처럼
실업도 예외일 수는 없다
눈칫밥에도 군살은 오르고
무능력에도 살가운 이유는 따르는 법
없으면 없는 대로 살아갈 생각이지만
쓸데없이 뒹굴던 것들을
이제 나는 생필품이라고 우기면서
멀쩡한 허우대로 스타일을 구길 때

아아, 가엾고 기막혀라
내 청춘의 빈 행간을 채우는
명분 없는 무직의 나날이여
잊지 않고 찾아오는 너 때문에
언제부터인가 나는
식솔들에게 애물단지로 버림을 받기 시작했다

처세술

똥 묻은 개가
겨 묻은 개를 나무라기 시작하면서부터
내 가엾은 삶은
꼴릴 대로 다 꼴려버리고 말았다

따지고 보면
모두 제 잘난 맛에 지지고 볶아대며
가끔은 내부수리중 문패를 내걸고
알다가도 모를 속임수로 겸손해지지만
제풀에 지쳐 쉽사리 본색을 드러낸다

통째로 나를 찜쪄먹으려 하는 것일까
긴장으로 옷깃을 여밀 때
어느새 정수리를 내리치는 불치의 소문들
희망의 관자놀이마저 의기소침해진다

아아, 어떻게 살아가야 품위를 지킬 수 있을까
슬픔으로 솟아나오는 혼돈의 힘으로
책상물림인 나는 오나가나 복장이 터진다

물위의 집

—노래하는 여자, 노래하지 않는 여자

비 오는 날 그녀는 샹송을 부르지요
독약처럼 감미롭고 나른하게

불어를 모르는 나는
Chanson을 찬손이라고 발음하지만
무지란 때때로 상대방을 총명하게 만들므로
그녀는 어느덧 구라파산 왜가리가 되어
미주알고주알 구라를 치며
아기자기하게 목젖을 떨지요

비 오는 날 나는 샹송을 듣지요
알아들을 리 없는 그녀의 노래는
차디찬 찬손이 되어 애면글면하지만
나는 시린 어깨를 떨며
볼썽사납게 울지요
아무 곳에서나 막 울어버리지요
나는 그게 흠이에요

나는 그게 우습다

정수리에 피도 안 말랐는데
나는 그게 우습다
올 상반기를 대머리처럼 빛내고
다가올 1990년대를 딸딸이처럼 이끌
이 시대의 촉망받는 작가군
연초에는 덕담처럼
연말에는 연월차 수당처럼
잡지 표지를 현란하게 장식하는 노리개
나는 그 꼴이 우스운 것이다

도대체
이 시대의 편집진들은
어느만큼 객관적인 것일까
그들의 명판결에
나는 한 번도 유죄 판결을 받지는 못했지만
딸년이 시인인 것을 자랑삼는 어머니에게
나도 촉망받는 작가에 당첨되었어요
혹시, 빽빽이 돌려 촉망받을 수는 없을까
머리통에 딱지도 덜 떨어졌는데
나는 가끔 잡지사 편집장이 되어
눈썰미 매서운 평론가가 되어
솔직한 방망이를 두드리고 싶다

안개

—기형도의 「빈집」을 위하여

그는 사랑을 잃었네
사랑을 잃고 봉분 하나를 그는 얻었다 하네
익명의 소문들이 그의 생애를 지우는 동안
슬픔이 창궐한 전등불 아래서
사람들은 경악의 얼굴로 술을 마셨네
아름다운 기억들이 술잔에 가득 넘쳤네
그가 기른 가축들이 긴 나무다리를 건너와
시린 별빛 아래서 이별을 고하는 동안
어떤 편안한 잠이 그의 곁에 와 누웠네
아무도 그의 사랑 찾아주지 못했네

그가 잃은 사랑 눈먼 자의 슬픔으로 떠돌 때
사람들은 새끼처럼 꼬여 칼잠을 자고
꿈속 어느 갈피 짬에서 그를 만날 수 있었네
그가 찍은 삶의 구두점이
동행 없는 모습으로 텅 빈 거리를 헤매고
안개가 그의 그림자를 지우고 있었네
아무도 그를 잡을 수 없었고
그 누구도 그의 사랑이 되어주지 못했네

선운사

시간이 좀 늦었지만 우리 모두 선운사에나 가지요 삶이란 무엇인가 따위로 심사가 사나워 있는 중년의 애인을 데리고 마음은 한결같으나 의견은 한 다발로 묶여 지지 않는 저녁날 우리 모두 선운사에 가 마음고생에 헐벗은 영혼을 달래며 좀 늦은 저녁 공양이나마 청해 듣지요

막차를 타고 선운사에 가보면 모두 다 알게 되지요 남의 상처도 내 것처럼 아프고 별스러운 게 다 슬프고 서러워 밤새도록 불면의 베개에 이마를 파묻을 때 그것이 바로 삶의 방식이 아니겠느냐고 아득히 물어오는 동백꽃이 있다는 것을 선운사 붙박이 식구들은 아주 오래전부터 그 애절한 사연을 알고 있었지요

거미

난 이다음에 커서 무엇이 될까
눈 내리는 변방에 그림자를 구기고 앉아
내 이마를 때리는 고통의 눈발들이
그대의 야윈 발등 위에 일용할 슬픔으로 쌓이기 전에
나는 곰곰이 생각해보지만
배운 것이라곤
시린 처마끝에 슬픈 꼬랑지를 감고
어두운 지붕을 향해 묵묵히 그네를 타는 일뿐

그대들은 더 가까이 내 모습을 보기 위해
버려진 몽당 빗자루를 찾아 들고서
세월의 소슬한 사다리를 오르지만
나는 더 아득한 허공에 매달려 손뼉을 치고
기막힌 폼으로 활강을 보여줄 수도 있어
행여나,
내가 모르던 삶의 그루터기에 안착할 수도 있겠지

텃세 드센 그곳에서 나는 무엇이 되어 있을까
등피 단단한 땅거미되어버려 일몰의 아득함을 알리고
간추려진 희망에 내가 나를 잠재우다가
꿈속 어느 갈피쯤에서 비천한 울음소리로 남아 있을까

어차피, 미래는 끊임없이 이월되어
다시 태어나도

내 배후에는 길고 긴 겨울의 대열뿐인 것을

한강엔 나팔꽃

해 질 무렵 생각하면
한강 강변에도 나팔꽃은 피는 것일까
먼지 낀 제방에 엎드려
필까 말까 망설이고 있는 것일까

빈 도시락이 든 서류 봉투를 들고
무적(霧滴)떼 저녁 나팔 소리에 안심하고 잠드는
강 건너 타산적인 지붕들을 바라보며
헝클어진 머리카락을 데리고 여의교를 건널 때
행여나 내 발목을 붙잡고
한강에 나팔꽃은 피는 것이 아닐까

어둠보다 더 깊은 강바닥을 바라보며
쉽사리 찾지 못할 땅속의 미로는
더이상 요약 못할 기억의 갈피 사이 어디쯤
이 악문 힘으로,
문고리를 잡고 있는지 모를 일이지만

얼마나 더 기다려야 한강에 나팔꽃은
굳은 등뼈를 펴고 둥글게 피어날 것인지
이 저녁 아닌 어느 단정한 아침날
나는 다시 아득하기만 한 여의교를 건널 때
한순간 느껴지는 지층의 황홀한 촉감은
필까 말까 망설이고만 있는

한강 나팔꽃의 태동 소리가 아닐까

고추

엄니 나 장개 좀 보내줘요
온 세상이 들국으로 어지러운데
내 몸은 이제 귀한 생각의 열매들로
온몸이 꽃등처럼 붉게 타올랐지요

어찌 그냥 살아가겠어요
귀동냥하여 들은 풍월만으로도
나는 벌써 입심 좋은 재담꾼되어버려
망초 한 잎 시침 떼고 몸을 날려도
그 애절하고 기막힌 사연
이 가을이 다 가기도 전에 내 알 수 있으니

날이 저물어 빈 들판에 된서리 내리고
안식의 집을 향해, 저마다 고샅길 돌 때
아따! 고놈 민대머리가 중상이야 건성 입을 모아도
나를 섬겨 그대 무덤까지 동반자 될 수 있으니
못 배워 흔들릴 가지조차 없다는 우리 엄니
곰살맞게 생각만 컸다고 나무라시겠지만

어쩌겠어요 내 맘 같지 않은 세상
파란 꿈 감칠맛 나던 시절 다 가버렸으니
어느 전설의 마법에 내 홀려서라도
다시 못 올 이 세상
얼큰하고 화끈하게 한번 살아보고 싶은 것을

연필

네 몸에선 언제나 향그러운 단내가 나
미끈한 몸매가 계집 같기도 하고
말랑말랑한 정수리를 보면
꿈 많은 소녀 같기도 하지만
흑심 품고 새침히 돌아앉아 있을 땐
암고양이 같기도 해

그래서 난 네가 무서워
내 손안에 갇혀 있으면서도 혼자 있기를 고집하고
자신 없는 독설에는 여린 몸을 부러뜨리며
왜냐고, 왜 그래야 하느냐고 물어올 때
기껏해야 나는 녹슨 칼을 꺼내 들고
퀭한 눈빛으로 너를 노려보지만
깎여나간 생살은 언제나 내 손이었어

무엇 때문이야, 미지수로 남으려는 너의 흔적은
네 몸속에 장전된 한 알의 믿음은
뭐가 그리도 대단해
그 믿음으로 나를 불러 세울 때까지
나의 시는 몸서리쳐지도록 불행하리라

들러리

거기, 그 옆구리 쪽에 까치발
그것참 당신 빠지라니깐요
당신 때문에 계속 NG잖아요
드센 구도에 나른한 균형미
거기에다 웬 인연의 고달픔은 그리도 많은지
오라는 곳은 없어도
갈 곳은 별스럽게도 많았던 당신
인연 거두는 처신이 야물지 못해
민망한 김에 김빠진 변명만 길어지지만
아무짝에도 아귀가 맞지 않는 당신
들러리 노릇에도 이제는 이골이 날 만도 할 텐데
어쩌다 자기 거처를 잊어버리고
이곳 유배지까지 흘러들어왔는지
보시다시피 여기도 만땅이잖아요
그러니 제발 울타리 밖으로 나가주세요
그 잘난 멱살 붙잡혀서
찬란한 구둣발에 걷어차이기 전에

실연

불행한 남자 하나가
불행할지도 모르는 여자 하나의 손을 잡고
행불을 가늠할 수 없는 케이블카를 탄다

사랑은 결코
서로의 삶을 짐 지우게 하는 것이 아니므로
한 여자가 착지를 꿈꿀 때
한 여자의 불행한 남자는
그 반대 바탕을 마련하고 있으니

사랑은 정말 이래도 되는 것일까
슬픔의 면역력으로 이별의 국경선을 넘고
아무 일도 아닌 듯 매서운 몸매로 돌아설 때
삼삼히 눈에 밟히는 불행의 창궐

누가 감히 그것을 운명이라 단정 지을 수 있을까
다만,
그들이 찾는 것이 눈에 잘 띄지 않을 뿐이다

김밥

전국이 고루 비대한 여자 하나가
저녁 창틀에 기대앉아
지구처럼 둥근 김밥을 아귀아귀 먹는다

어느 시대의 멍석말이가 이보다 야무질까
보편성으로 가득찬 오색의 씨방들과
터진 허리를 돌돌 만 흰쌀의 군단들이
탐스러운 여자의 혀를 동여맬 때
20년 대계의 희망도 따라 묶이고
공복의 참신한 방법들도 머리를 박아오는데

긴 칼 찬 왜병이라도 생각난 것일까
흑공단처럼 매끄러운 김 속을 쑤아내다
단무지와 함께 와싹 씹히는 혼돈의 역사가
여자의 목젖을 주렴처럼 흔들고
전에 없었던 삶의 구도까지 투영해올 때

김밥은,
기억의 추임새인가 미래의 금자탑인가
식탐의 마개를 닫고 곰곰이 생각해보아도
소실점으로 남는 타국의 비애
긴장으로 달아오른 저녁 풍경이
김밥을 먹는 여자를 한입에 삼켜버린다

프리 댄서

1

영등포구 여의도동의 지리를 다 익히기도 전에 나의 눈썰미는 물에 물 탄 듯 술에 술 탄 듯 무서울 것도 아쉬울 것도 없이 발랑 까져 시인의 체통은 요령부득이 되어버렸지만 이름 지어 나는 프리 댄서 믿을 것은 오직 성한 몸 하나로 글품을 파는 일뿐

2

금지옥엽이라는 말이 요절난 지는 벌써 오래된 일 타다 버린 생솔가지로 눈썹을 그리고 오만 가지 생각의 결실들로 풍각쟁이가 된 이후 나는 이미 세상과 정분이 나버린 것을 누가 나를 말릴 것인가 우리 애인도 나를 못 말리는데

3

언감생심 이녁의 사랑을 마다할 수 있을까 뒤틀린 그대의 삶도 내게는 행복인 것을 이까짓 고통쯤이야 피하는 것보다도 익숙해지는 것이 더 편하다는 것을 알고 있지만 어차피 화류병 말고는 고칠 병이 내게는 없어 이런들 어떻고 저러면 어떠하리 자유 속엔 늘 의외성이 있기 마련인 것을

노모

스타킹은 문갑 위에 있다
거봐라 내 뭐랬니
이게 출근이냐 전쟁이지
내일모레면 너도 이제 서른인데
다닐 때 안경 벗지 말고
또릿또릿 잘 보고 다녀야 한다
참 내, 구둣솔은 네가 들고 있잖니
전철 안에서 또 졸지 말고
건널목에서도 좌우 잘 살피고 다녀라
어린애가 아니니까 내 이러지
아, 잘 살피고 다녀야
네 맘에 드는 남자가 눈에 띄지
에미 잔소리 때문에
네 귀에 딱지가 앉았어도 할 수 없다
그러게 너는 어쩌자고 연애도 못하냐
눈이 없냐 코가 째보냐
막둥이 시집보내느니
차라리 내가 가는 게 쉽겠다만
그래, 잘 보고 잘 다녀오너라
하이고 내 팔자야

고백

콩 심은 데
때때로
팥이 난다
상상력이 고상한 어머니가
어떤 놈의 씨냐고
도매금에 신분을 부려놓지만
알고 보면, 나도
배달민족의
비천한 후레자식인 것을

클레멘타인

구구단을 외우며
잘 외워지지 않는
8단과 9단 사이의 수풀을 헤치며
산수 공책 속을 더듬어 나오면
수수깡 안경 너머로 달빛은 흐르고
흐르는 곳 깊은 물이 되어
못다 외운 구구는 팔십일
그 속에 남아 있어도
내일은,
급장에게 밀물 같은 소식이라도 오려는지
이리도 미역 냄새 진해오는데
순이야 잘 있었니
나도 잘 있단다

새우

내 일찍이 석 자 수염에도 식탐하지 않고
군내 나는 목청으로 공양을 청하지 않았으니
아들 손자 며느리 나를 경배함이 하늘 같아
건성드뭇한 소문도 쉬쉬하기 마련이었다

얼마나 오랜 세월을 위로받지 못하고 살아왔던가
구구절절한 사연들로 애간장이 다 오그라붙는 동안
직립으로의 삶은 어느새 막배를 타고 나가
벽력 같은 고래등을 절단내기도 하고
예삿일이 아닌 것처럼 석간을 읽기도 한다

그런데 이것은 무슨 조화인가
기우는 해를 배경 삼아 가인처럼 어질게
빈 드럼통과 불콰해진 함지박을 헤아리다
자린고비 옛이야기에
청맹과니의 조짐을 보이는 것은

소래 땅에서 돋보이던 삶의 면류관으로
이제 나는 천국행 짚신 삼아 신고
천기를 누설한 죄로 석 자 수염을 땅에 끌며,
밟으며
활처럼 탄력 있게 할미꽃처럼 요사스럽게

청진동 블루스

간주곡을 잘 부르는 나는 눈물의 여왕
청진동 엘레지라 불리지요
해거름 홀로 지나가는 그대도 좋구요
까짓것 그대도 아니되고
애인도 뭣도 아니면 어때요
춤추듯 머무르듯 잠시 서성이다보면
마고할미 정성보다 더 뜨거운 오지그릇과
죽어도 괄시 못할 푸성귀들의 어우러짐이
지친 그대 마음 헤아려줄 것을

하여, 내일을 기약하지는 말아요
기다림이란
깊은 밤 홀로 걷는 골목길의 아득함보다도 비속함을
청진동에서 귀밑머리를 푼 나는 알고 있나니
업신여겨 문밖 찬 입간판에 나를 세워두고
소심한 유혹에도 나를 버린다면
두고 보세요
당신의 행복은 늘 나의 그림자가 되어
한평생 사랑을 고백하게 될 터이니
자 이제 그만 내 뜨거운 손을 잡고
오지그릇 속의 슬픔을 헤아려주세요

민달팽이

사는 일이 고행처럼 진저리가 날 때
나는 알고 있어야 했었네
악에 받쳐 배를 불리고
고된 등짐의 품팔이에도
내 집 한 간 얻을 수 없다는 것을
초장부터 나의 삶은
그저 그렇고 그런 단막극임을
상처처럼 불쑥 솟은 더듬이로
지난 기억의 모나고 악한 것을 어루만질 때
사랑 또한 낯선 타인이 되어버린 것을
뒤늦게 철이 든 나는
이미 불행해진 팔자소관을 탓하며
아무도 살지 않는 빈 들판을 향해
이를 갈며 달려야 했었네

손금

손바닥 위에
콘텍스트렌즈를 올려놓고
죽을힘까지도 다 빼내어
온몸을 벌벌 떨며 렌즈를 닦는다
중년의 땡초가
잠자는 처녀의 속살을 더듬듯
이놈의 살(肉) 안경은
안팎 구분도 어려워
침침한 눈을 부릅뜨고
텅 빈 안구를 살펴볼 때
그 아랫녘으로
멍석처럼 쫙 깔려 있는 손바닥
요지경 통 속을 헤쳐 쏟아놓은 듯
길길이 날뛰는 손금들이
영락없는 해적의 보물 지도 같다
혹시, 늦복이라도 터지려나
서둘러 빈 안구를 채워넣고
요모조모 살펴보니
첩첩산중 사이마다 흐르는 계곡물
요절이 두려운 운명선
무뚝뚝하게 돌아누운 감정선
어렵사리 눈을 뜬 두뇌선
그 사이사이로 잔뿌리처럼 뻗어나간
불확실한 미래선

나는 아예 못 본 것으로 하고
진저리를 치며
손바닥을 맞잡아 꿰매놓는다

마늘

비 드는 추녀 끝이나 헛간 모서리에 매달려
한 계절 지내고 보니 여기가 바로 천국이더니
잘고 먹새 없는 놈들 차례로 골라
끼니때마다 머리채를 끌고 나가면
희소식이 깜깜무소식이어서
지금은,
이 한 몸 살아가기에도 허리가 휘청한데

과거란 원래 생각하기 나름이어서
알게 모르게 새침히 침묵하고도 싶고
이놈 저놈 불러들여
새벽녘에나 잠자리에 들게도 하고 싶지만
어쩐지 마음 자꾸 약해져
그리운 고향땅
그 속에 두고 온 사연들 생각나
여섯 쪽 당찬 몸뚱이 서로 불러도 보고
목소리 모아 양념 값 걱정도 해보지만

이대로 끌려나가 옷을 벗고 도마 위에 누운들
싹둑싹둑 머리카락이 잘려
민대머리로 쇠절구 속에 던져진들
흩어진 내 알몸은 요기롭게 아름다워
능숙한 절구질에도 단번에 한눈팔기 십상이지만

내 육신 짓찧여서 향기를 돋우고
물 간 고등어 허전한 뼈 속에서도
사소한 의문은 갖지 않고 침묵하는 것은
매일 밤 꿈자리 하도 호사스러워
이대로 서산 마늘이고자 기죽고 싶지 않아서임을

겨울 해 조급하여 인가 멀리 사라지는데
묶인 허리 오늘따라 힘이 솟는 것을 보니
내일은
떠난 친구들에게 편안한 안부라도 들을런가
남은 친구들에게
내 소식 바람결에라도 전해주고 떠날 수 있을런가

메두사

나의 상상력은 융통성도 신축성도 없어
한평생을 텅 빈 감각으로만 살아왔다
늘어진 민대머리로 빛 좋은 사색을 하고
비대한 허리통을 어기적거리며
물 찬 제비처럼 두리번두리번

어느 날 나는 전화를 받고 강을 건넜다
삐딱하게 찌그러진 구두를 끌며
턱없이 무거운 머리통을 치받으며
콜걸처럼 나른하고 농염하게
평범한 욕구가 꼬리를 흔들며 따라오는 날

생각보다,
20세기는 매머드의 거대한 공동묘지
오나가나 방안풍수밖에 될 수 없었던 나는
눌변의 혀를 빼문 채 주눅이 들었지만
벌건 대낮에도 간음에 시달리는 재미는
참신해야 할 체통마저 오금을 저리게 했으니
혹시……
나는 매일 시험에 드는 것은 아닐까
내 것 아닌 화려한 욕망이 기둥서방으로 둔갑해
얄팍한 내 양심에 저울 코를 꿰고
오늘밤 어때? 한탕 뛰어보지 않겠어?

나는 좋은 게 좋은 것이라고 알고 있지만
도대체 이것은 무엇이란 말인가
빛나는 아가리를 딱딱 벌리고
산발한 내 머리통 수를 세고 있는 슬픔의 기요틴
실속 없는 머리 가죽들이
컴컴한 강물 속으로 툭 떨어진다

내 사랑도 한 편의 시가 되어

우수 경칩이 다 지나가버렸는가
내가 그대의 잔 뒤발*이 되고파 안달을 부리던
그 애절하고 가혹한 시절에
산봉우리 같은 우산으로 발소리를 가리고
세상 가득한 바람으로 지나가버렸는가
안개처럼 내 시야를 지우고 사라졌는가

그렇게 되어도 당위성을 지닌
우리 사랑의 대차대조표는 늘 심드렁하여
살찐 과거로부터 아무것도 부려놓을 수 없었겠지만
화사하지 못해 서로의 운명을 엿보고
드러난 미래의 자태 앞에서 사악해질 수 있으니

그때, 우리가 서둘러 즐겼던 창백한 시간들과
가증하기만 했던 행복의 퍼즐 게임들은
요행에 길들여져 탁월해진 삶의 요령 때문이었을까
나의 불행이 그대에게는 행복이 되어서일까

그 사랑의 깊이로
우리는,
아무것도 기억하지 못할 것이다

* 보들레르의 애인.

낙지

세상에 믿을 연놈들 하나도 없어
애인을 만나는 일에도 이제 나는 진저리가 난다
집터가 재래식이어서 그런 것일까
발랑 까진 몸매가 처음부터 마뜩지는 않았지만
유리창을 통해 연상의 여인을 기다리고
서역 만리 미더운 전설을 꿈꾸다보면
유리 병풍 안쪽의 삶도 무섭게 아름다워진다

저녁이 되면 나는 온몸이 배배 꼬인다
그래봤자 헛똑똑한 다리들만 허공에 엉켜
내 무덤의 봉분을 높이는 꼴이지만
관절염 환자처럼 뜨거운 물속에 포복을 하고
초고추장 종지 속에서 피투성이가 된 채
육신의 마디를 고리 지우는 일보다
이승의 산뜻한 유리관 속에서
나는 행복을 상징하는 모습으로 어슬렁거려야 한다

마치,
고매한 도인처럼
의로운 소인 잡배처럼

수제비

한 그릇 냉수에 황홀함을 다스리고
그날 밤 너와 나 끈끈하게 몸 섞었지
처음에는 풀풀 살비듬도 날리다가
차고 불편한 방바닥에 엎드려
뭉치는 일 지치고 눈물겨워서
젖은 솔기 터뜨리며 앙탈도 부려보지만
무딘 밥주걱 천국처럼 친절하여
거친 등짝 요리조리 다독여주고
아픈 삭신 평등하게 주물러주어
어디에고 흉한 몰골 남기지 않기에
그렇구나
신뢰는 침묵 속에서도 열매를 맺는구나
나른하게 생각할 때
무서워라, 나를 유혹하는 공복의 완강한 손길들이여
목례도 없이 덜미를 움켜잡고
연분의 뜨거운 사슬마저 끊어버려
이내 몸 또다시 황홀한 꿈 꾸지 못하게 함은
끝내 보이고 싶지 않은 그대의 슬픔 때문인가
뭉그러진 그대의 노여움 때문인가
헐값에 몸을 데우면서도
오히려 넉넉해지는 이 마음이여
미안한 내 안짱다리여

숨바꼭질

무궁화꽃이 피었습니까?
그 꽃그늘 아래 내 사랑은 안녕한지요
이렇게 빈 그림자를 안고 서서
까마득히 멀어지는 당신의 모습을 가늠하다보니
스스로 어색하고 낭패스러워지는 것이
어째 오늘도 틀려먹은 것 같습니다만
무궁화꽃이 만발한다 하여도
찾아야 할 그대가 누구인지 내 알지 못해
시작도 끝도 없는 기다림의 놀이가
끝내 비극으로 막을 내리는 저녁날
내 마음속 애증도 다 시들어가
그여 눈물바람이 되고 마는 인연의 하루입니다

영천*에 가면

다시 돌아갈 수 있을까
일몰의 저잣거리를 지나
근시의 시력으로도 찾을 수 있는
평범한 사람들 모두 모여
평범한 생각으로 보리쌀을 씻고
공산명월 화려한 꿈의 솔기를 깁는 곳

그곳에 가면 아직도 소망의 별들은 뜨고 있겠지
영원히 떨거지밖에 될 수 없었던 아이들과
공들여 빗은 머리카락을 바람에 날리는,
초경의 처녀애들이
시린 달빛 아래 모여 앉아
밤새도록 물을 받고 있겠지

그러나
지난 기억은 사랑의 언약보다도 희미하여
조심스러운 발걸음조차 돌부리에 걸려 절름거리고
가도 가도
시작의 한 끝으로만 이어지는 미완의 땅으로
무엇이 자꾸 내 등을 밀어내고 있는 것일까

생각해보면
우울한 무성영화처럼 서러운 기억의 마을인 것을

* 서울 인왕산 기슭의 현저동.

방게

가까운 어디쯤에서 잠시 쉬었다 가자
서해의 아이들은 달밤에도 귀가 밝으니
질척이는 갯벌 속에 신발 소리 남기지 말고
가끔 뒤돌아보며 네 흐린 그림자도 데려와야지
따라오려니 마음놓고 가다보면
믿는 만큼 세상은 썰물처럼 냉혹하여
이 엄마는 가끔 빈 갯벌에 서서 쓸쓸했단다
그래도 소싯적에는 겁없이 저녁 산보도 했었다만
이제 귀밑머리를 스치는 무심한 바람결에도
쉽사리 네 곁을 떠나지 못하고 있으니
어느 결에 내 머리 위에도 잔설이 내렸나보구나
아들아, 그래도 난 행복하단다
보기보다 아늑한 우리의 뻘밭 속 집이며
평범한 이웃들의 쭉정이 같은 생활도
작은 질서와 사랑을 이루고 있으니 말이다
너와 나 비록 때깔 고운 꽃게는 아니지만
태어나 위만 쳐다보고 산다면
제아무리 용왕의 할애비라도
모가지 배겨나지 못할 것이니
그런데 얘야,
넌 지금 내 말을 듣지 않고 있구나
듣는 척 묵묵한 모습으로 내 뒤를 쫓아오고 있지만
거친 물결로 다져진 내 눈을 속이지는 못하지
눈치만 파랗게 살았다고 너는 비웃겠지만

뭍이라는 곳 열 길 물속보다 더 오묘해
대낮에도 검은 안경, 당달 봉사 되어
아는 길도 모르는 척 공손히 물어 가야 하니
해가 기울어 떠나온 서해 바다 생각나
살캉살캉 집게손가락으로 그리움을 잘라낸들
어느 누가 진솔히 귀기울여줄까마는
아들아 그래도 여기는 몸도 마음도 데울 곳 많아
망둥이, 갯지렁이, 밉살맞은 꼴뚜기도
모두 다 우리가 될 수 있는 소꿉친구이니
가고 싶은 뭍일랑 먼발치에서 바라보고
너와 난 우로 좌로 때로는 비스듬히
빈 갯벌을 헤매다보면
가냘픈 다리에 흰 살 오르는 날이 오겠지
그렇게 그렇게 옆으로만 걷다보면
우리에겐 앞으로 걷는 것임을
확신할 수 있는, 그날이 오겠지

시인, 그리고 쉬인

시를 쓰면 누가 밥 먹여주느냐고
내 어머니 농담은 너무 정확해서 탈이다
꼬리가 아홉 달린 여우일까
벽에 걸린 노모의 치마를 들춰보다가
시인의 체통은 서정시처럼 비탄에 젖게 되지만
밥 먹기 위해 시를 쓰는 일보다
어쩌다 끼니를 잇게 해주는 한 편의 시가
나에게는 고행처럼 즐거운 일임을

그런데 만만한 게 시인이고 시인가
시도 때도 없이 한 편의 시 같고
시인이 무슨 화류계 깨끼저고리처럼
이 남자 수통 맞은 팔에도
저 여자 동그란 어깨에도 걸쳐지고 있으니
시인의 오지랖은 만주 벌판처럼 황량해야 하며
시인 지망생의 소갈딱지는
밴댕이 콧구멍만하게 열릴락 말락
언제까지 시를 점지받겠느냐고
내 어머니의 진담은 또 이어질 것이다.

별

먹을 것이 없어
늘 배가 고팠던 어린 시절
겨울 하늘엔
헤아릴 수 없이 많은 별이 뜨곤 했었다

별 하나 나 하나
들풀을 베고 누워 별을 세다가
주린 뱃속을 궁핍하게 달래오는
한 움큼의 잠의 무게로
우리는 밤새도록 논둑길을 달려보지만

가난만큼 확실한 추위 속에서도
별똥별 푸른 꽃밭은 더욱더 눈부시고
살아온 날보다
살아갈 날이 별처럼 많았던 어린 시절

겨울 하늘엔
슬프도록 아름답게 출렁이는 별이
참 많이 뜨곤 했었다

까치는 참 춥겠네

동짓날 저녁 무렵 까치는 참 춥겠네
삭풍에 몸을 떠는 너도밤나무 가지 위에 앉아
남몰래 까치는 정말 추울 거야

어디쯤 너와집 관솔불은 타오르고 있을까
그곳에 한 생애의 잠자리를 마련하고
싸륵싸륵 몸을 푸는 달빛과 교미할 수 있다면
일몰의 완강한 이빨에 두 날개가 뜯기어도
까치는 영원히 간결한 소망의 불꽃

혈혈단신 소문의 능선을 넘고 미끄러지며
좀처럼 보이지 않는 순수의 별자리를 찾아
늘 헐거워 발이 시려운 구두끈을 조이며
까치는 또 얼마나 많은 날의 계단을 오르고
엄동의 벌판을 건너야 하는지

이리도 무심한 동짓날 밤 눈꽃은 흐드러지고
아무 거짓도 아닌 사실처럼
혹한의 바람은 몰려들지만
누가 버리고 갔을까
잠든 세상 한곳의 허기를 채우는
적두(赤豆) 한 알의 온기는

그 따뜻한 그늘 아래

찬 부리를 가지런히 모으고
소슬한 세월의 사다리를 오르지만
아아 남몰래 풍성해지는 까치의 사랑은
너도밤나무 잔뿌리보다 먼저
해빙의 꿈과 악수를 나누며 동행하는 것을

에디트 피아프(Édith Piaf)

내가 태어난 곳은 빈민가 뒷골목
나는 그곳을 고향이라 부르지요
가난의 줄을 타는 곡예사와
손풍금을 울리며 목젖을 찢는 삼류 여가수가
시궁쥐처럼 한뎃잠을 자는 곳
아침저녁으로 궁핍의 지혜도 빛나지요

세상은 온통 들끓는 포도주 빛
구겨진 신작로 위로 해가 떨어지고
빈집 저녁 창틀에 고양이 별이 들면
나는 그 순간을 견딜 수가 없어요
코피 터지게 외롭거든요
미운 오리 새끼라도 곁에 있었으면 해요
사랑이란 원래
감춰두기 어려운 물건이잖아요
나는 그런 여자예요

어깨에 손이 닿지 않는 당신 품에 안겨
화려한 물랭루주를 꿈꾸면서도
투정 심한 연하의 애인을 그리워하지요

하지만, 사람들은 내 마음을 알지 못해요
시간이 좀 지나면
이 모두가 자신의 문제가 될 터인데도

툭하면 입심 좋은 말 고문으로
나를 자꾸만 술 마시게 해요
내 슬픔을 장밋빛으로 물들게 하지요

나는 서글픈 빈민가 뒷골목 출신
막무가내로 삼류예요
장밋빛 내 인생도 삼류거든요

콩나물

우리가 모두 모여 하나가 될 수 있다면
밑 빠진 오지항아리에서인들
인연의 질긴 꿈을 엮을 수 없으랴

아침저녁으로 살갗을 파고드는 고통의 지하수
휴식의 짬도 없이
그늘의 외각에서 전신을 침묵 속에 담그고
거기서 자라나는 결빙의 소망들도 점화시킨다면
우리는 얼마나 많은 습기를 견디고 다스리며
지독하게도 간결한 부동의 자세로
서로가 서로의 성장을 구속해야 하는지

발목을 휘어감고 흘러내리는 세월의 무게로
단단한 이마 위에 노랗게 빈혈이 일지만
밀폐된 어둠 속에서도 청빈하게 뿌리를 내리는
우리의 영혼은
가장 확실한 꿈의 매듭 같은 것
비로소 살을 열고 바라보는 세상에서
또다시 모진 바람벽에 이마를 부딪는다 해도
오늘 저녁엔 풍요로운 식탁 위에 오르고 싶어
찌그러진 양푼에 담겨 언덕길을 오르며
우리는 모두 하나로 뭉치고 있음을

사마귀

증오하리라
네 깊은 살 속에
차디찬 영혼의 뿌리를 묻고
엄숙한 너의 흰 뼈를 갉아먹으리라
헤어져 다시 마주친들
우리는 이미 타인처럼 악수를 나누고
돌아서서
손끝에 매달린 체온을 털어버리려
응달로 이어지는 비탈길을 오르리라
오르다 미끄러져 그대 몸 깊이 잠긴다 한들
이대로 영원히 살점이 되고 싶음을
그대의 일부가 되고 싶어짐을
안쓰러운 손등 위에 엎드려
이유 모를 사랑으로
늘 너와 함께 살아가리라

물잔디

단 한 개의 소망으로 살아날 수 있을까
아직은 젖은 모래 속에 오그리고 앉아
기약 없는 알맹이로 흔들리고 있지만
햇빛을 따라 내가 서 있는 하늘은
늘 신선한 예감의 소문들만 일렁이고
나는 다시 희망의 사다리를 오르며
미명의 정적 속으로 은밀히 물을 뿌린다

바퀴벌레

누가 뭐라 해도 너의 다리는 아름다워
어두운 찬장 서랍 속에서도
기교적으로 달릴 수 있고
아침햇살과 만나면
눈부신 사랑의 평등한 힘으로
내 발등 위에 신발 자국을 낼 수도 있지만

그래도 너는
음지의 우산 속에서도 철이 드는 더듬이가 있어
부서진 계단 밑에 둥지를 틀고 살면서도
투명한 안개 기둥과 교감하고
가장 작은 오만의 꿈들을 낳아
욕망의 고삐를 파랗게 매어두기도 하지

서로가 서로의 흐린 그림자를 이끌며
달빛이 익어가기를 기다리지만
빈 접시에 쌓이는 햇살의 흰 아가미들로
너의 피톨은 차갑게 퉁겨오르고
나는 또 아픈 발등을 문지르며
문지방을 넘어가는 적요의 행렬을
젖은 불꽃처럼 바라보고 있지

빨래를 하며

빨래를 한다
아침햇살
금싸라기처럼 부서지는 수돗가
함지박 하나로 쌓인
식구들의 허름한 작업복을 빤다

헐떡이며 쏟아지는 수돗물
그 맑은 물줄기 따라
슬픔처럼 젖어드는 옷가지들을 보며
목숨처럼 질긴 빨랫줄 위에
오늘은 어떤 부끄러움을 빨아 널어야 하는가

세월처럼 흘러내리는
머리카락을 쓸어넘기며
무릎이 해진 작업복 하나
시린 물에 헹구어내면
산동네 가파른 언덕 위로 몰려드는 바람 바람

식구들의 남루한 웃음소리가
산동네 푸른 바람에 흩날려
앞마당 하나 가득
깃발처럼 휘날리고 있다

곤충채집

생물학을 전공한다는 조카의 자연 공책 속엔 무엇이 들어 있을까 나는 궁금했지만 기도해야지 못박혀 움직이지 못하는 몸뚱이 한줄기 자유로운 바람결에도 날개 비비지 않는 적막을 위해 푸른곰팡이꽃처럼 피어나는 표본실 찬 담벼락에 이마를 기대고 이 강산 호랑나비 목청 좋은 말매미를 위해

자정이 넘자 내 몸을 뚫고 들어오는 예리한 핀침에 의해 나는 표본되었다 숲에는 아직도 곤충들이 살고 있는지 굳어오는 손끝을 움직이며 나는 황홀하지만 풀 한 포기 없는 이곳에서 나는 무얼 먹고 사나 포충망 가득히 날아오르는 날개를 바라보며 조카는 내 몸 깊숙이 또 한 개의 핀침을 박고 한 방울의 에테르로 나를 잠들게 하지만 무엇 때문일까 자꾸만 살고 싶어지는 이 이유는

입영일기

논산행 삼등 열차를 기다리며
어두워오는 용산역 플랫폼에서
우리는 까까 밀린 머리를 흔들며
일렬종대 앉은 번호를 했다

영자는 지금쯤 쑈쑈쑈를 보고 있을까
시린 발목을 붙잡고 흔드는 그리움으로
지원병원 내 갑종 가슴은
개같이 슬프지만
날이 새면 모두 원산으로 머리를 처박고
거친 군홧발로 정강이를 걷어채이겠지

충성하는 마음으로 짬밥을 먹고
산토끼 토끼처럼 연병장을 뛰어도
우리는 서로가 서글픈 육군 훈련병
무심한 달빛에도 코를 풀고
일등병 계급장에도 가슴이 떨려오겠지만
어느 역장인들
논산행 완행열차를 멈출 수 있으랴

둘러보아도 나를 찾는 이 하나도 없어
사랑도 그리움도 이제는 기약 없는 약속 같은 것
고막을 찢으며 호송 열차가 달려온다 해도
이제 나는 철모를 눌러쓰고

보무도 당당하게 앞으로 앞으로

그러나 아직도 나는 영자가 그리워
손끝에 묻어나는 스물한 살의 기억들을
단칼에 베어버릴 수는 없겠지만
잘 있거라 나를 사랑했던 따스한 좌절들이여
모두모두 받들어엇 초옹!

하면 된다

어느 날 나는 그 집에 갔었지
술 잘 마시는 오여사와
술값 잘 내는 미스 한과 함께
무슨 서부 활극 속의 갱단처럼
이미 꼭지가 돌아버린 정수리를 옆구리에 끼고서
남문로 후미진 뒷골목, 그 집을 찾아갔었지

전대를 찬 주모가 물오징어를 데치고
엉덩이만 빵빵하게 부푼 여급이
가스불에 닭똥집을 그슬리는 동안
나는 그 옆에 쭈구리고 앉아서
우아한 박자로 정종을 데웠지
세 여자가 머리를 맞대고 둘러앉아
애간장을 살살 녹여가며 술에 젖기 시작했지

그때, 한 무리의 남자들이 바람처럼 들어왔지
주모와 여급의 엉덩이는 신바람이 났고
세 여자는 조금씩 김이 빠지기 시작했지
그들 중 하나가 우리 쪽에 관심을 표명했고
말 수양이 덜 된 내가 송곳니를 드러냈지
술김에 확 엎어버릴까
멱살을 잡고, 내친김에 코를 물어뜯을까

숨막히는 선택의 순간

갑자기 남자들이 끼들거리기 시작했지
손가락질과 함께 '하면 될 거야' 말했었지
뒤돌아보니 하면 된다 액자 하나
그 아래쪽에 벌거벗은 금발의 여자가
달력 속에서 비스듬히 누워 있었지
하면 정말 될 것 같은 폼으로
그 여자, 싸나이 가슴에 불 싸지르고 있었지

사랑니

자유롭게 패를 갈라 별이 뜨는 동안
우리는 어둠의 뼈를 깎아
파랗게 파랗게 피리를 불어본다
문득,
허공에 부딪쳐 빛나는 생각들을 바라보며
인적이 드문 거리에서
우리는 그렇게 서로의 슬픈 외투를 펄럭이며
장다리꽃 노랗게 물든 벌판에서
다짐해본다
어느 산맥인들 넘을 수 없으랴
부풀어오른 불꽃의 리듬을 밟고
낯선 바람이 비에 젖어 떨고 있는 어디쯤
화사하게 꽃피는
우리의 여린 꿈들이 있거늘
그 꿈속에 파아란 영혼이 있거늘

문학동네포에지 023
불란서 영화처럼

초판 인쇄 2021년 7월 23일
초판 발행 2021년 7월 31일

지은이—전연옥
책임편집—유성원
편집—김민정 김필균 김동휘 송원경
표지 디자인—이기준 백지은
본문 디자인—유현아
마케팅—정민호 김도윤
홍보—김희숙 함유지 김현지 이소정 이미희 박지원
제작—강신은 김동욱 임현식
제작처—영신사

펴낸곳—(주)문학동네
펴낸이—염현숙
출판등록—1993년 10월 22일 제406-2003-000045호
주소—10881 경기도 파주시 회동길 210
전자우편—editor@munhak.com
대표전화—031-955-8888 / 팩스—031-955-8855
문의전화—031-955-3576(마케팅), 031-955-8865(편집)
문학동네카페—cafe.naver.com/mhdn
트위터—@munhakdongne
북클럽문학동네—bookclubmunhak.com

ISBN 978-89-546-8003-5 03810

www.munhak.com

문학동네